AF590522

TRADITIONS ORIENTALES,

OU

LA MORALE DE SADI,

CELEBRE POETE PERSAN.

Extraite & recueillie de différentes Histoires & bons mots du même Auteur.

A SCHIRAS.

Et se trouve à PARIS.

Chez CAILLEAU, Libraire, rue Saint Jacques, au-dessus de la rue des Noyers, à l'image Saint André.

MDCCLXII.

AVERTISSEMENT

HISTORIQUE

SUR CET OUVRAGE.

Contenant la vie de Sadi.

SCHEIK *Mosséhédin Saadi Alschirdazi*, comme l'appellent les Arabes, ou le Docteur Sadi, de Schiras, (1) est regardé dans tout l'Orient comme un très-grand Poëte & comme un Sage illustre. Ces

(1) Capitale de la Province de Perse proprement dite. Les Persans disent que les autres Villes du Monde ne sont que des Villages en comparaison de Schiras.

deux titres rarement réunis parmi nous, s'accordent très-bien chez les Orientaux. Leur Poëſie n'eſt le plus ſouvent que de la morale embellie, & leurs vers ſont pleins de préceptes & de proverbes, ſurtout ceux de Sadi. Il naquit l'an de l'Egire 571, ce qui revient à peu près à l'an 1193 de l'Ere Chrétienne. Il quitta ſa Patrie que les Turcs déſoloient, & voyagea pendant quarante ans. Il fut fait priſonnier par les François de Tripoli, & obligé de travailler aux retranchemens & de fouiller la terre. Il eſt aſſez remarquable qu'en nous rendant compte lui-même de ſa captivité, il ne lui échappe pas la moindre injure contre les Chréti ens. C'eſt une aſſez grande preuve de la modération qui faiſoit ſon caractere. Il fut racheté par un Marchand d'Alep, dont il épouſa la fille. Ayant rencontré à Baydal un Philoſophe fameux nommé Schehaberdin, qu'il appelle ſon Maître, il s'allia étroitement avec lui. Il vécut dans la plus grande retraite, & compoſa enfin ſon *Guliſ-*

tan, ou *Jardin de Roſes*, l'an 656 de l'Egire. Il le dédia au Roi de Perſe Abubécre Modafeddin, de la Dinaſtie des Arabes; ce Prince l'avoit comblé de bienfaits. On a de lui un autre Ouvrage, intitulé le *Boſtan* ou *Jardin de Fruits*, & le *Molamant* ou *les Rayons*. Ces deux livres ne ſont point traduits. Nous avons une traduction Latine du *Guliſtan*, composée par un Allemand nommé *Gentius*, vers l'an après cette guerre fameuſe qui déchira l'Allemagne, & qu'on nomma la guerre de trente ans. Cette traduction regardée comme très-exacte, est dédiée au Duc de Saxe, Landgrave de Thuringe. L'Epître dédicatoire est assez singuliere, pour mériter qu'on en rapporte ici quelques Phrases, qui serviront à faire connoître le style du temps. Elle est écrite en Latin : » Des malheurs imprévus, dit l'Au- » teur, m'ayant conduit en » Orient, je me trouvai dans « ce Jardin de Roses, dont les » délices adoucirent mes pei- » nes, & me consolerent des » maux de ma Patrie. Mais

» en me promenant au milieu » de ces Roſes, ſi elles étoient » pour moi comme l'éclat du » Soleil, j'étois pour elles » comme l'obſcurité de la ter-» re : c'étoit une piece de cui-» vre, tombée dans un vaſe » d'or..... C'eſt à vous très-» auguſte Prince, à prendre » poſſeſſion de ce Jardin char-» mant, c'eſt à vous à orner les » Roſes qui ne peuvent vous » orner. Daignez les recevoir » dans le ſein de votre clé-» mence, & recevez celui » qui vous les offre, comme » une humble plante qui croî-

» tra ſous l'ombre de votre
» bienveillance, & cette om-
» bre ſera pour moi comme
» la lumiere, & vous ne re-
» fuſerez pas l'ombre, puiſ-
» que vous accordez la lu-
» miere à tant d'autres; & ce
» faiſant, puiſſe le Ciel, &c.

Toute l'Epître, qui eſt longue, eſt dans ce goût. Si l'Auteur croyoit imiter celui de Sadi, aſſurément il ſe trompoit.

Le Guliſtan eſt un Recueil d'Hiſtoires & de Traditions, dont chacune a ſa morale, écrit moitié en vers, moitié en prose. Le style est tantôt d'une simplicité intéressante, & tantôt riche en images. L'Ouvrage est partagé en huit Chapitres, que l'Auteur appelle les huit Portes du Paradis terrestres. Ils sont intitulés, le premier : *Des Mœurs des Rois.* Le second, *Des Mœurs des Religieux.* Le troisieme, *De la Continence.* Le quatrieme, *Des Avantages du Silence.* Le cinquieme, *De la Jeunesse & de l'Amour.* Le sixieme, *De la Foiblesse & de la Vieillesse.* Le septieme, *Des Mœurs & de la Discipline.* Le huitieme, *Des vertus néceſſaires dans la Societé.* A l'exception des deux premiers, le titre de ces Chapitres n'a le plus ſouvent qu'un rapport très-éloigné avec ce qu'ils renferment, & quoique l'Ouvrage ſoit très-eſtimable en général, s'il étoit traduit en François d'un bout à l'autre, on n'en pourroit pas lire dix pages. En voici les raiſons:

1°. Pluſieurs des Hiſtoires qu'il contient ſe reſſemblent abſolument, pluſieurs n'ont rien de remarquable.

2°. La maniere de narrer

ordinaire à l'Auteur Perſan eſt tout à fait contraire à la vivacité Françoiſe, & aux regles de notre narration, qui ne ſçauroit être trop rapide. La ſienne eſt coupée à tout moment par des Proverbes, en vers, qui ont rapport à chaque circonſtance du fait, & dont la plûpart n'ont d'autres mérites que de contenir des vérités, ce qui ſuffit pour les Orientaux, gens graves & réfléchis, mais non pas pour nous, qui aimons mieux une fixion agréable, qu'une vérité froide & vulgaire; & il faut convenir que si *rien n'est beau que le vrai*, tout ce qui est vrai n'est pas beau.

3°. On rencontre de temps en temps de longues digressions, où le Lecteur se trouve perdu, & qui sont aussi vagues qu'ennuyantes ; par exemple, celle où Sadi raconte en vingt pages à peu près, une contestation qu'il eut avec un pauvre, sur le sort des riches, où tous les deux s'échauffent au point, qu'ils se prennent au collet & se déchirent la barbe ; ce qui n'est pas trop beau pour un Sage, ni même pour un Poëte.

Il n'eſt pas poſſible qu'un pareil Ouvrage puiſſe nous plaire dans ſa totalité; mais il eſt parſemé de ſi beaux morceaux, il reſpire une morale ſi pure & ſi touchante; il s'y trouve des Hiſtoires ſi inſtructives & ſi agréables dans leur briéveté, que j'ai cru qu'on en pourroit compoſer un extrait intéreſſant, & qui ſuffiroit pour nous faire goûter la morale de Sadi, & nous faire entrevoir ſa maniere d'écrire. Pour la bien connoître, il faut le lire tout entier, & peut-être dans l'Original : mais peu de personnes l'entreprendront.

Au surplus je n'ai point traduit ; j'ai pris avec choix ce que j'ai trouvé de plus heureux, soit pour les faits, soit pour l'instruction, & toujours en abrégeant beaucoup. Telle Histoire qui a trois pages dans Sadi n'en a qu'une demie dans cet extrait ; mais j'ai fait ensorte de ne point effacer le coloris Oriental, qu'autant qu'il pourroit devenir désagréable pour nous.

Ceux qui voudront juger de mon travail, pourront consulter le texte Latin; mais comme il est très-rare, je vais mettre sous les yeux du Lecteur un morceau traduit mot à mot, & en voyant ensuite la manière dont je l'ai accommodé à notre goût, ils concevront à peu près comme j'ai procédé dans le reste de l'Ouvrage. Je choisis la première Histoire:

» On m'a raconté qu'un Roi » avoit donné ordre qu'on fît » mourir un Esclave. Ce mal» heureux privé de tout espoir

de

» de ſalut, ſe mit à accabler
» le Prince d'injures, dans la
» Langue qu'il ſçavoit, ſelon
» ce qu'on a dit : quiconque
» ne s'embarraſſe plus de ſa
» vie, dit tout ce qu'il a dans
» l'ame (1). Quand un hom-
» me eſt au déſeſpoir, ſa lan-
» gue devient orgueilleuſe,
» comme le chat terraſſé égra-
» tigne le chien. Dans le tems
» de l'adverſité, lorſqu'il n'y

(1) C'eſt la penſée de Quinault dans Atis.

Qui n'a plus qu'un moment à vivre ;
N'a plus rien à diſſimuler.

» a plus moyen de fuir, l'on
» saisit avec la main la pointe
» d'un cimeterre aigu. Le Roi
» demandant ce qu'il avoit
» dit, un Courtisan d'un ca-
» ractère doux & humain,
» lui dit : Seigneur, ce mal-
» heureux vient de dire, le
» Paradis est pour ceux qui re-
» priment leur colère & qui
» pardonnent aux hommes.
» C'est par ces paroles, com-
» me avec des voiles, qu'il
» vogue vers le port de votre
» clémence, dans l'espoir d'ê-
» tre délivré. Le Roi enten-
» dant ces paroles, fut tou-

» ché de pitié, & fit grace à » l'Esclave. Un autre Courti» san, ennemi du premier, dit » alors : il ne convient pas à » des gens de notre rang, de » dire autre chose que la vé» rité devant le Roi. Cet hom» me a dit au Prince les plus » grossières injures. Le Roi » irrité lui dit : j'aime mieux » le mensonge qu'il m'a fait, » que la vérité que vous me » dites ; car il avoit envie de » faire du bien, & vous de fai» re du mal : & nos Sages ont » dit : un mensonge qui sauve, » vaut mieux que la vérité qui » nuit.

On verra comment cette Hiſtoire eſt traitée au commencement de cet extrait.

Le *Guliſtan* eſt précédé d'une Préface très-étendue, dont on ſera bien aiſe de voir ici quelque morceaux, qui m'ont paru très-éloquens :

» Gloire à l'Etre incompa-
» rable. Lui obéir, c'eſt s'unir
» à lui. Le louer, c'eſt méri-
» ter ſes bienfaits. L'air que
» nous reſpirons eſt à lui. La
» roſée de ſa miſéricorde s'eſt
» répandue ſur l'Univers. Le
» feſtin de ſa magnificence eſt
» préparé par tout. Il pardon-

» ne, & une seule faute ne
» souille point devant lui des
» jours vertueux. Ô Dieu bien-
» faisant ! Toi qui donnes la
» vie aux Idolâtres & aux Ado-
» rateurs d'un feu, pourrois-tu
» abandonner tes Serviteurs ?
» Il a dit aux vents du Prin-
» tems d'étendre sur les plai-
» nes un tapis d'émeraudes.
» Il a commandé aux nuées
» nourricières, de faire croître
» les herbes dans leur berceau
» terrestre. Il a couvert les ar-
» bres d'une robe de verdure
» & d'un vêtement de feuilla-
» ges, & au tems de l'équi-

» quinoxe, il a mis ſur leurs » branches des couronnes de » fleurs. C'eſt lui qui tire du » ſuc de la roſe un miel déli- » cieux, & qui de la plus foï- » ble tige forme un ſuperbe » palmier.....

» Si le nom de Sadi eſt cé- » lèbre, ſi ſes Ouvrages ſont » auſſi précieux que les pré- » ſens du Prince, ce n'eſt pas » à lui-même qu'il faut en at- » tribuer la gloire, c'eſt au ſuc- » ceſſeur de Salomon, au plus » grand des Rois, au reſpec- » table Abubecre, qui m'a re- » gardé d'un œil de bonté..

» Etant dans le bain avec ma
» bien aimée, elle me donna
» de la terre odoriférante, &
» je dis à cette terre : es-tu
» de l'ambre ? Es-tu un par-
» fum d'Arabie ? Ton odeur
» enyvre mes ſens. Elle répon-
» dit : je ne ſuis qu'une ma-
» tière vile, mais j'ai eu com-
» merce avec la roſe, & je me
» ſuis remplie de ſa vertu....

» Un de mes amis vint me
» voir dans ma retraite. Il me
» mena dans ſes jardins, &
» comme j'étois ſur le point
» de le quitter, il me donna
» quantité de fleurs, dont il

» remplit ma robe, & je lui » dis alors : ce soir ces fleurs » n'auront plus aucun éclat. » Je veux vous en donner dont » la beauté soit durable, & » de toutes les saisons, & je » composai ce livre.... Il vi» vra long-tems, & quand la » terre aura corrompu les res» tes de mon corps, on nom» mera Sadi & le monument » qu'il laisse après lui. «

Ce Poëte vêcut pauvre. Il nous dit lui-même qu'il n'a subsisté que des bienfaits des Grands, & il exalte souvent leur libéralité. Ce qui peut faire

faire voir qu'en ce temps comme dans le nôtre, la pauvreté étoit ſouvent compagne du mérite, & qu'on pouvoit dire alors des Muſes, ce qu'en a dit de nos jours un homme de beaucoup d'eſprit :

Familières Beautés, complaiſantes Venus,
Qu'enferme l'Indigence au Serail de Plutus.

Sadi vêcut plus d'un ſiécle. Cette carrière paroît longue, mais il ſeroit à ſouhaiter que le Ciel en accordât une plus longue encore à ceux qui ſont nés pour éclairer les hommes.

P. S. Nous avons une Traduction Françoise du premier Chapitre du *Guliſtan.* L'Auteur (M. Galland) y a joint une quantité de paſſages tirés des autres Ouvrages de Sadi. On y trouve quelques traits de reſſemblance avec pluſieurs morceaux de cet extrait. Le reſte eſt très-différent.

TRADITIONS ORIENTALES, *OU* LA MORALE DE SADI, *CELEBRE POETE PERSAN.*

PREMIER TRAIT D'HISTOIRE.

L'Heureux Esclave.

UN Prince avoit ordonné qu'on fît mourir un Esclave. Ce malheureux au désespoir, vomit contre lui des imprécations dans une Langue étrangeres. Le Roi demanda ce qu'il disoit. Un Courtisan répondit : Seigneur, cet Infortuné a dit : le Paradis est pour ceux qui pardonnent. Le Roi touché de ces paroles, fit grace à l'Esclave. Un autre Courtisan ennemi du premier, lui dit : il n'est pas permis de déguiser la vérité devant son Souverain. Cet homme vient d'outrager le Roi. J'aime mieux, dit le Monarque, le mensonge qu'il m'a fait, que la vérité que vous me dites ; & il le chassa de sa présence.

Faites du bien & vous serez immortel. Il y a bien des années que le grand Noushirvan est mort. Ses bienfaits font encore chérir sa mémoire. Repandez les vôtres sur les hommes, avant qu'on dise de vous, il n'est plus.

II. TRAIT.

La Vertu triomphante des Vices.

UN Roi avoit un fils très-difforme, il le haïssoit. Il aimoit au contraire ses autres enfans, qui étoient très-beaux. Son fils lui dit un jour : La montagne de Sion est la plus petite de toutes, & la plus chere à Dieu. La guerre s'éleva. L'Armée du Roi, commandée par ses enfans, alloit être mise en déroute. Le jeune Prince qui avoit en bravoure tout ce qui lui manquoit en beauté, dit à ses amis : allons ; en combattant, nous ne risquons que nos jours, en fuyant nous exposons l'Armée & le Royaume. Il marche à l'ennemi, & revient vainqueur. Son pere reconnut sa faute, l'embrassa, & le déclara son héritier. Ses freres jaloux & irrités tenterent de l'empoisonner. Il découvrit leurs complots, & leur dit : qu'esperiez-vous de ma mort? Si l'Aigle n'existoit pas, seroit-ce le Hibou qui regneroit sur les oiseaux? Le Roi instruit de leur crime, les condamna à mourir, & dit à leur frere qui demandoit leur grace : dix pauvres dorment sur le même fumier, & deux Rois ne peuvent être assis sur le même trône.

III. TRAIT.

La Pitié mal placée.

ON alloit mener à la mort quelques brigands, pris dans les montagnes de l'Arabie. Il y en avoit un très-jeune, dont l'âge & les plaintes toucherent un Courtisan, qui conjura le Roi de lui laisser la vie. Je le veux bien, dit le Prince, mais souvenez-vous qu'on ne fait point un bon cimeterre avec du mauvais fer. Quelque tems après, ce jeune homme que le Courtisan avoit pris à son service, le tua, lui enleva une partie de ses biens & s'enfuit dans un désert. Le Roi dit alors: je reconnois la vérité de ce qu'ont dit nos Sages, qu'il est aussi condamnable de faire du bien aux méchans, que de faire du mal aux bons.

IV. TRAIT.

Le Favori mécontent.

LE Favori d'un Roi avoit beaucoup de mérite & beaucoup d'ennemis. Il se plaignit un jour à son Maître des dégouts qu'il essuyoit, & lui demanda la permission de se retirer de la Cour. Le Roi lui dit : l'œil de la chauve-souris n'apperçoit point l'éclat du Soleil, cependant il ne cesse point d'éclairer le Monde. Demeurez.

V. TRAIT.

Peur guérie par une plus grande.

UN enfant étoit dans le vaiſſeau d'un Roi, & la vue des flots l'effrayoit au point, qu'il jettoit de grands cris. On voulut l'appaiſer par des careſſes, mais ce fut inutilement. Un Sage promit qu'il le feroit taire, s'il lui étoit permis de s'y prendre comme il le voudroit. Le Prince y conſentit. Le Sage prit l'enfant, le jetta dans la mer & l'en fit retirer ſur le champ. L'enfant courut auſſi-tôt dans un coin du vaiſſeau, & s'y tint dans le plus grand ſilence. Le Sage dit alors au Roi : un grand péril en fait oublier un moindre cet enfant craignoit le vaiſſeau, actu lement il s'y trouve mieux que dans le fond de la Mer.

VI. TRAIT.

Rien ne console de la mort.

UN Monarque étoit au lit de la mort. Un Courier entra, & lui dit : Seigneur, nous avons pris une Ville sur les ennemis. Allez, lui dit le Prince, l'annoncer à mon héritier, & dites-lui que la prise de cent Villes ne console pas un Roi à ses derniers momens autant que le souvenir d'une bonne action.

VII. TRAIT.

Les vœux sinceres.

HOSKAH, fils de Joseph, Roi de Perse, dit un jour à un Religieux de Bagdad, célèbre par sa piété, fais des vœux au Ciel pour moi. Le Religieux éleva la voix & dit : O Dieu ! faites mourir ce méchant homme. Que demandes-tu au Ciel? dit le Prince, ton bien & celui de tes Sujets, repliqua le Religieux. Tu ne vis que pour faire du mal, ne vaut-il pas mieux que tu ne sois pas ?

VIII TRAIT.

Réponse hardie d'un Religieux à son Roi.

UN autre Roi, connu par sa méchanceté, demandoit à un Religieux quel étoit l'acte de piété le plus agréable à Dieu. Pour toi, répondit le Religieux, c'est de dormir la moitié du jour, tu feras la moitié moins de mal.

IX. TRAIT.

Le mauvais Pauvre.

UN Prince sortant d'un repas délicieux au milieu de la nuit, se mit aux fenêtres de son Palais, & chanta des paroles dont le ſens étoit : ce moment eſt bien doux pour moi, & la crainte de l'avenir ne l'empoiſonne pas. Un Pauvre qui étoit couché près des barrieres du palais, dit tout haut : O ! vous qui n'avez aucune inquiétude pour vous-même, n'avez-vous aucun ſouci du malheur des autres ? Le Roi fut émut de ce diſcours, & lui tendant une bourſe, lui cria, déploye ta robe, & reçoit cet argent ; comment la déployerois-je, dit le pauvre, je n'en ai point. Le Roi lui envoya la bourſe avec des vêtemens. Quelques jours après cet homme ayant dépenſé follement tout ce qu'il avoit reçu du Prince, ſe préſenta devant lui, & lui dit : je n'ai point de pain. Le Roi irrité le fit chaſſer de ſa préſence. Un Courtiſan lui dit : Seigneur, cet homme ne connoît pas le prix de l'argent. Faites lui donner du pain. Vous n'êtes pas tenu d'enrichir vos Sujets, mais vous devez les nourrir.

X. TRAIT.

Le danger d'être ambitieux.

UN de mes amis vint me dire un jour, je ſuis pauvre. La Fortune habite, dit-on, dans le Palais des Rois, faites moi obtenir une charge à la Cour. Je lui répondis : il y a des richeſſes infinies dans le ſein de la Mer, mais on ne trouve ſon ſalut que ſur le rivage; il eſt dangereux d'approcher des Rois, aujourd'hui ils vous combleront de préſens pour leur avoir dit des vérités dures, demain ils vous feront couper la tête pour leur avoir dit bon jour. Croyez-moi, ſoyez content de votre état. Il me preſſa davantage. Je me rendis, & lui procurai l'emploi qu'il déſiroit. Il eut le bonheur de plaire au Prince, & devint ſon favori. Lorſqu'il paſſoit, on diſoit : voilà l'heureux Badur. Je fis vers ce tems un voyage à la Mecque. Comme j'en revenois, je rencontrai ſur le chemin un Religieux, que je reconnus pour Badur. Je lui demandai ce qui l'avoit réduit en cet état. Vous m'aviez prédit juſte, me répondit-il; j'ai perdu la faveur du Roi, l'on m'a dépouillé des biens que j'avois acquis, & même de mon patrimoine. Je tournai mes regards vers la Mecque, & je m'écriai : ô Dieu! préſerve-moi de l'ambition, & je m'éloignai de lui

XI. TRAIT.

Belle équité dans un Roi.

LE Grand Noushirvan étant à la chasse, fit préparer un repas du gibier qu'il avoit pris. Comme le sel lui manquoit, il en envoya chercher à un Village voisin, & ordonna qu'on le payât, en disant : si le Souverain prend une pomme dans le Jardin de son Sujet, ses Esclaves dépouilleront l'arbre.

XII. TRAIT.

XII. TRAIT.

Vengeance d'un Religieux contre un Soldat.

UN Soldat brutal blessa un Religieux d'un coup de pierre. Celui-ci la prit & la garda. Quelques années après le Prince fit mettre ce Soldat en prison. Le Religieux y vint, & lui lança la pierre à la tête. Qui es-tu, dit le Soldat, & pourquoi me frappes-tu ? C'est moi, répondit le Religieux que tu blessas autrefois avec cette pierre. Je redoutois alors tes armes, & je ne pus me venger. Je le fais aujourd'hui. Souviens-toi qu'il ne faut point opprimer le foible, parce qu'il vient un temps où le foible met le pied sur la tête de l'homme puissant.

XII. TRAIT.

Un enfant échappé à la mort.

UN Prince étoit dangereusement malade. Les Médecins lui dirent qu'ils ne connoissoient d'autre remède à son mal, que de se baigner dans le sang d'un enfant. On en trouva un dont les parens vendirent pour de l'or les jours de leur fils. Les Prêtres déclarerent qu'il étoit permis de le tuer pour sauver le Roi. Comme on alloit lui porter le coup mortel, il se mit à rire. Le Roi surpris lui demanda ce qui pouvoit le faire rire dans un pareil moment. L'enfant répartit : je ris de la singularité de mon sort. Trois choses mettent nos jours en sûreté, nos Parens, la Religion & notre Roi. Mes Parens m'ont abandonné, la Religion me condamne à mourir, & mon Roi ne peut vivre qu'au dépens de mes jours. Mon destin me semble rare. Le Roi fut frappé de ce discours, & dit : l'innocent ne périra point pour que je vive. Je me souviens de ce qu'ont dit nos Sages, que la fourmi sous le pied d'un homme, étoit comme un homme sous le pied d'un éléphant. Il ordonna que l'enfant fût épargné, & quelques temps après il guérit.

XIV. TRAIT.

Le Courtisan puni.

UN Esclave d'un Roi de Perse prit la fuite & fut arrêté. Un Courtisan exhortoit le Roi à le faire périr. Cet Eſclave ſe jetta aux genoux du Prince & lui dit : Seigneur, j'ai été élevé dans votre maiſon, & ſi vous répandiez mon ſang pour une cauſe légere, vous en ſeriez puni au dernier jour. Permettez-moi de tuer cet homme qui me hait, & faites-moi mourir enſuite, ma mort ſera légitime. Le Roi regarda le Courtiſan d'un œil ſévere, & lui dit : celui qui tend ſon arc pour lancer des fléches, ne peut en même temps ſe couvrir de ſon bouclier, & s'expoſe d'être percé, & il pardonna à l'Eſclave.

XV. TRAIT.

L'Ecolier puni de sa témérité.

UN Athlète fameux avoit enseigné à un jeune homme qu'il aimoit, tous les mouvemens de la lute, hors un seul. Ce jeune homme enorgueilli défia son Maître en présence du Roi & de sa Cour. Ils descendirent dans l'arène. L'Athlète prit son jeune adversaire par les pieds, l'éleva sur sa tête, & de cette hauteur le renversa par terre. Le Disciple outré de dépit, s'écria : Je suis égal en force & en adresse à mon Maître, & c'est par jalousie qu'il m'a caché le tour quil vient de faire. L'Athlète répartit, j'avois bien prévu ce qui est arrivé, & j'ai profité du conseil de nos Sages, qui ont dit, ne donnez point à votre ami assez de force pour vous abattre, s'il devient votre ennemi.

XVI. TRAIT.

Belle repartie d'un Religieux.

UN Roi passa devant la cabane d'un Religieux, qui ne parut pas l'appercevoir. Quoi ! lui dit un Courtisan, le Roi passe devant vous, & vous ne vous courbez pas ! Le Religieux répondit : je n'attends aucune grace de lui : pourquoi attendroit-il des soumissions de moi ? Le Roi s'approcha & lui dit, donne moi un bon conseil ? Le Religieux dit : Souviens-toi que le

Paſteur eſt pour le Troupeau, & non pas le Troupeau pour le Paſteur.

XVII. TRAIT.

Effet de la politique.

NOushirvan délibéroit avec ſe Courtiſans ſur une affaire importante, chacun diſoit ſon avis, & le Roi comme les autres. Le ſage Bazarg Mihir, ſon favori, n'eut point d'autres avis que le ſien. On lui en demanda la cauſe, il répondit : les évenemens ſont incertains, ſoit que les projets du Roi réuſſiſſent, ſoit qu'ils échouent, je ſuis à l'abri de ſa colere. J'ai penſé comme lui.

Si un Roi diſoit à midi qu'il fait nuit, il faudroit dire, voilà la Lune & voilà les Etoiles.

XVIII. TRAIT.

Il vaut mieux quelquefois pardonner que de punir.

VEngez-moi, disoit à l'Empereur Aaron, Tachile le plus jeune de ses fils, le Gouverneur de Bagdat a dit du mal de ma mere en ma présence. Le Calif assembla son Conseil pour délibérer sur le supplice que le Gouverneur méritoit. Les uns opinoient à l'exil, les autres à la prison, plusieurs à la mort; & moi dit alors Aaron, je suis Empereur, & je lui pardonne. Toi, mon fils, si tu veux te venger, vas le trouver, & dis de sa mere tout ce qu'il a dit de la tienne, mais prend garde d'en dire plus, car tu serois injuste & je rougirois.

XIX. TRAIT.

Un bienfait n'eſt jamais perdu.

J'Etois ſur un vaiſſeau avec un Grand & ſes deux fils; une lame d'eau les couvrit & les emporta. Il promit cent deniers à un Matelot, s'il les ſauvoit. Celui-ci s'élance dans les flots, mais tandis qu'il retiroit le plus jeune, l'aîné périt. Je lui dis alors : la fatalité a tout fait ici; car pourquoi avez-vous été à l'un plutôt qu'à l'autre? Cela paroît vraiſemblable, me dit-il, cependant ce n'eſt pas le haſard qui a fixé mon choix. Le cadet me trouva un jour dans un déſert, las & abandonné; il me mit ſur un chameau, & me mena dans une Hôtellerie; l'autre me fit battre de verges dans mon enfance, je m'en ſuis ſouvenu aujourd'hui.

XX. TRAIT.

Les deux Freres.

DE deux freres, l'un étoit Eſclave chez le Roi, & l'autre travailloit pour vivre. Le premier étoit riche, & le ſecond pauvre. Celui-là diſoit à l'autre, que ne ſers-tu chez le Prince, pour être exempt de travailler ? Celui-ci répondoit, que ne travailles-tu pour être exempt de ſervir ?

Les Sages ont dit : il vaut mieux être aſſis avec des haillons, qu'être de bout devant ſon Maître avec une ceinture d'or. Quand le ventre ne ſe contente pas de pain, le dos ſe courbe pour la ſervitude.

XXI. TRAIT.

VOtre ennemi eſt mort, diſoit-on à Noushirvan ; il répondit : & moi, ſuis-je immortel ?

Le Voleur & le Religieux.

Un Voleur entra dans la cabanne d'un Religieux, & n'y trouva rien. Il s'en alloit conſterné. Le Religieux qui n'étoit pas loin l'apperçut, & jetta ſon manteau ſur le chemin. On lui en demanda la raiſon. Je ne veux pas, dit-il, qu'il s'en aille de mauvaiſe humeur.

XXII. TRAIT.

Le Religieux à la table d'un Prince.

UN Religieux fut invité à la table d'un Prince. Il pria longtems & mangea très-peu. De retour chez lui, il dit à ſon fils de lui ſervir à dîner. Ce jeune homme, qui avoit de l'eſprit, lui dit, n'avez-vous pas aſſez mangé chez le Roi? Non, répondit-il, il falloit paroître ſobre. Eh bien! dit le fils, recommencez donc vos prieres, & que celles-ci ſoient pour Dieu; les autres étoient pour les hommes.

XXIII. TRAIT.

(un des plus beaux du recueil.)

Orgueil de Sadi.

JE me souviens qu'étant très-jeune encore, je lisois un soir le saint Alcoran au milieu de ma famille. Mes freres s'endormirent, & je dis à mon pere : regardez-les ? Ils dorment, & je prie. Mon pere m'embrassa tendrement, & me dit : ô ! mon cher Sadi ! ne vaudroit-il pas mieux que tu dormisses aussi, que d'être si vain de ce que tu fais ?

XXIV. TRAIT.

Le véritable ami.

UN homme avoit un ami, qui fut tout à coup élevé à une grande place. Tout le monde alloit faire compliment à ſon ami. Il n'y alla point. Comme on en paroiſſoit ſurpris, il dit : la foule va chez lui à cauſe de ſa dignité ; moi, j'irai quand il ne l'aura plus, & je crois que j'irai ſeul.

XXV. TRAIT.

Songe ſingulier.

UN Muſulman vit en ſonge un Roi dans le Paradis, & un Religieux dans l'Enfer. Il demanda la raiſon d'un ſort ſi différent. On lui répondit : ce Roi fréquentoit les Religieux, & ce Religieux fréquentoit les Rois.

XXVI. TRAIT.

La juſte punition.

UN Prince invita un Religieux à venir à ſa Cour, & le Religieux ſe diſoit à part lui, je vais prendre des médicamens, & j'aurai le viſage pâle & défait, & je ſerai honoré comme un ſaint. Il cueillit des herbes médicinales ; mais le haſard voulut qu'il en rencontrât qui étoient empoiſonnées. Il en mangea, & il mourut.

XXVII. TRAIT.

Cauſe ſinguliere d'un mauvais ménage.

J'Etois Eſclave des François dans Tripoli. Un de mes anciens ami me reconnu & me racheta pour dix pièces d'or, & me donna ſa fille en mariage avec une dote de cent ſequins. Cette fille étoit d'un mauvais caractere, & me cauſoit des chagrins continuels. Comme je m'en plaignois, elle me dit un jour : n'es-tu pas celui que mon pere a racheté pour dix pieces d'or ? Oui, lui dis-je, mais il m'a vendu à toi pour cent ſequins.

XXVIII. TRAIT.

L'Esclave ingénieux.

UN Roi étant malade, avoit fait vœu, s'il guérissoit, de distribuer de l'argent aux Religieux. Il guérit, & donna à un Esclave une bourse pleine d'or, pour en faire l'usage qu'il avoit promis. L'Esclave revint avec la bourse pleine, & dit qu'il n'avoit point trouvé de Religieux. Comment, dit le Prince, il y en a plus de quatre cens dans la Ville. Il est vrai, dit l'Esclave, qu'ils en portent l'habit; mais je leur ai offert de l'or à tous, & aucun ne l'a refusé. J'ai conclu qu'ils n'étoient pas Religieux.

XXIX. TRAIT.

L'aveugle heureux.

UN Magistrat avoit une fille très-laide, & quoiqu'elle eût une dote fort riche, personne ne vouloit l'épouser. Enfin il la maria à un aveugle. Un fameux Médecin vint dans le Pays, & lui proposa de rendre la vue à son gendre. Non vraiment, dit-il, il répudieroit ma fille.

XXX. TRAIT.

Approche de la fable du Coq.

Les richesses inutiles.

UN Arabe étoit couché au milieu des déserts, expirant de faim & de laſſitude. Il apperçut un ſac & s'en ſaiſit avidement, croyant qu'il pouvoit renfermer quelque nourriture. Il n'y trouva que des perles. Alors il s'écria : le Ciel veut me rendre la mort plus amere ; il me fait mourir au milieu de richeſſes qui me ſont inutiles.

XXXI. TRAIT.

Bon mot d'un Sage.

ON demandoit devant un Sage, ſi la force étoit préférable à la libéralité. Il décida pour la derniere, en diſant : celui qui eſt libéral n'a pas beſoin de force, & une main pleine d'or vaut mieux qu'un bras robuſte.

XXXII. TRAIT.

Qui regarde plus indigent que soit se trouve heureux.

J'Avois les pieds nuds, & je manquois d'argent pour acheter une chaussure. J'entrai dans une mosquée & je plenrais. J'apperçus un Mendiant qui avoit les deux jambes coupées. Je levai les yeux au Ciel, & je louai Dieu.

XXXIII. TRAIT.

Celui qui s'abbaisse est elevé.

UN Roi ayant chassé tout le jour, se trouva au milieu d'une Forêt, la nuit étant déjà avancée, & le temps très-mauvais. Il apperçut une cabane & voulut y entrer. Deux Courtisans qui l'avoient suivi l'en détournoient, & trouvoient cette retraite indigne de lui. Celui qui habitoit cette cabane s'avança, & s'étant prosterné, dit au Prince : Seigneur, si vous daignez entrer chez moi, vous ne dégraderez point Votre Majesté, & vous releverez la bassesse de votre Esclave. Le Roi entra & le combla de présens.

XXXIV. TRAIT.

Le vrai sçavant.

UN Sçavant se trouva parmi des personnes lettrées, qui disputoient sur plusieurs articles. Il gardoit le silence. Quelqu'un lui dit, que ne décidez-vous, vous qui connoiſſez à fond ces matiéres ? Il ſe pourroit qu'ils me demandaſſent enſuite des choſes que j'ignore, & j'aurois la honte de ne pouvoir répondre.

XXXV. TRAIT.

A telle Demande telle Réponſe.

HUſſein étoit le Favori & le Confident de Mahmud. Un jour quelques Courtiſans lui dirent : qu'y a-t-il de nouveau, & que vous a dit le Roi aujourd'hui ; car il ne ſe fie qu'à vous ? Pourquoi donc, leur dit-il, me demandez-vous ſes ſecrets ?

XXXVI. TRAIT.

Rien n'eſt plutôt oublié que la mort.

UN homme avoit une femme très-belle; elle mourut, & par une condition du teſtament, il ſe trouva obligé de nourrir & de garder chez lui ſa belle-mere, qui étoit décrépite, grondeuſe & acariâtre. Un de ſes amis lui demanda comment il ſe trouvoit de ne plus voir ſa femme; pas ſi mal, répondit-il, que de voir encore ſa mere.

XXXVII. TRAIT.

Le Juif indiſcret.

J'Etois incertain ſi j'acheterois une maiſon que l'on m'avoit propoſée. Un Juif me dit : vous pouvez faire cette acquiſition ſans rien craindre. Cette maiſon eſt très-belle & très-commode. Il y a trente ans que j'en ſuis voiſin. C'eſt pour cela, lui dis-je, que je ne l'acheterai pas.

XXXVIII. TRAIT.

Les Amans malheureux.

DEux Amans étoient portés ſur le même vaiſſeau. La tempête s'éleva, le navire fut abîmé, & le jeune homme crioit du milieu des flots : *Sauvez ma Maîtreſſe*, & ſa Maîtreſſe étoit emportée loin de lui par les vagues, & lui tendoit les bras, & les flots l'enſevelirent, comme il crioit encore : *Sauvez ma Maîtreſſe*. Amans, voulez-vous ſçavoir comme on aime? C'eſt le Poëte Sadi qui vous l'apprendra ; c'eſt moi qui connois l'amour, comme l'Habitant de Bagdat connoît le langage Arabe. Si Leilé & Megnoun (1) revivoient, c'eſt de moi qu'ils apprendroient à aimer.

XXXIX TRAIT.

La force inutile.

UN Athlète dit à ſon pere, je vais voyager, & j'amaſſerai des richeſſes par la force de mon bras. Son pere lui répondit : mon fils, pour voyager heureuſement, il faut être ou Marchand, & l'or ne vous manque point, ou Sage & chacun s'empreſſe de vous ſervir, ou chanteur habile, & l'on vous comble de préſens, ou Artiſte, & vous êtes utile par tout. Tu n'es rien de tout cela, ne quitte point ton pays.

(1) Amans fameux dans l'Orient.

L'Athlète répliqua, je ſuis aſſez fort pour combattre un Eléphant ou un Lyon. Avec cette qualité, je dois être conſideré par tout. Il partit. Comme il alloit s'embarquer, le Maître du vaiſſeau lui en refuſa l'entrée, s'il ne lui payoit le prix du paſſage. L'Athlète le ſaiſit, & le jetta dans la mer. Un autre ſe préſente, il le traite de même. On fut trop heureux de les ſauver, & de le prendre ſur le vaiſſeau. Ils arrivent près d'une colomne élevée par les Grecs au milieu des flots. Le Pilote dit alors : le navire fait eau, & nous ſommes perdus, ſi le plus fort d'entre nous ne monte à la colomne & n'y attache un cable qui aſſure le vaiſſeau, tandis que nous le réparerons. L'Athlète ne balance pas, & à l'aide d'une planche approche de la colomne &

l'entourre d'un cable dont il avoit enveloppé ſon bras. Pendant ce temps le Pilote fait couper le cordage ; le vaiſſeau vogue & l'Athlète demeure ſuſpendu. Il reſta dans cette affreuſe ſituation pendant deux jours. Enfin s'étant endormi de laſſitude, il tomba dans la Mer, & après avoir nagé un jour entier, il atteignit le rivage. Quelques racines lui ſervirent de nourriture & rétablirent ſes forces. Il avoit ſoif. Il s'avança pour découvrir une ſource. Il vit beaucoup de monde autour d'un puits, dont l'eau ſe vendoit une piéce d'argent par meſure. Il voulut en avoir par force, & terraſſa pluſieurs hommes ; mais le nombre l'accabla, & il fut très-maltraité. Enfin il joignit une caravanne, & la ſuivit. On ſe trouva près d'un bois qu'on disoit rempli de brigands. L'on trembloit. Ne craignez rien, dit l'Athlète, seul j'en vaux trente, & je vous défendrai. Charmés de sa résolution & de ses promesses, les voyageurs lui fournissent des provisions en abondance. Il mange & boit avec excès, & s'endort. Cependant un vieillard de la caravanne dit à ses compagnons : vous vous fiez à cet homme; pour moi, je le crains plus que les brigands dont on parle. Que sçavons-nous, s'il n'a pas dessein d'abuser de sa force pour nous voler? On le crut, & tandis que l'Athlète dormoit, on partit. Il se trouva seul à son reveil, il erra quelque temps, s'assit enfin excédé de besoin & de fatigue, & pleura. Un Prince qui chassoit passa près de lui, & touché de ses plaintes, s'informa qui il étoit, en eut pitié, & lui fournit tout ce qu'il falloit pour retourner chez lui. Il embraſſa ſon pere en pleurant, & lui dit : vous aviez bien raiſon de me dire que l'indigence étoit foible, & que le bras du pauvre étoit toujours lié.

XL. TRAIT.

Le parfait Amant.

On parloit à un Roi Arabe des amours de Leilé & de Megnoun. Il fut curieux de voir cet amant, & lui demanda s'il étoit vrai qu'il aimât ſi éperdûment ſa Maîtreſſe. Cèlui-ci lui dit, il faut la voir, pour comprendre à quel point je l'aime. On la fit venir, & l'on vit une femme maigre & laide.

Comment, dit le Roi, voilà l'objet de tant d'ardeur, la derniere Esclave de mon Serrail est plus jolie que cette femme. Eh! bien, dit Megnoun, jugez si je l'aime, puisqu'elle est aussi belle à mes yeux, qu'elle est laide aux vôtres.

XLI. TRAIT.

Sages reparties.

UN homme vouloit absolument apprendre à parler à un âne. Un Sage lui dit: cet âne devroit bien vous apprendre à vous taire.

On demandoit à Muhammed, comment il étoit devenu si sçavant. Je n'ai pas rougi, dit-il, de demander ce que j'ignorois.

XLII. TRAIT.

L'Avare n'est jamais tranquille.

JE me trouvais logé avec un Marchand très-riche & très-vieux, & si avare que s'il avoit eu le Soleil en sa disposition, le monde n'eût pas vu la lumiere jusqu'au jour du jugement. Je lui demandai s'il avoit vu beaucoup de Pays. Oui, me dit-il, & je compte me reposer bientôt. Je n'ai plus que quelques petits voyages à faire. J'irai dans la Chine porter du soufre des Parthes, qu'on y vend très-cher. Je rapporterai des porcelaines dans la Grece, des étoffes Grecques dans l'Inde, de l'airain des Indes à Alep, du verre d'Alep dans l'Arabie des toiles d'Arabie dans la Perse, & je me reposerai. Qu'en pensez-vous? Je ne crois pas, lui dis-je, que vous alliez si loin pour vous reposer.

XLIII. TRAIT.

Le Médecin véridique.

UN Roi de Perse envoya au Calife Mustapha un Médecin fameux, qui demanda en arrivant comment on vivoit à sa Cour. On lui répondit : on ne mange que lorsqu'on a faim, & on ne la satisfait pas entierement. Je me retire, dit-il, je n'ai que faire ici.

XLIV. TRAIT.

Les Enfans ſont ſouvent ingrats.

DAns le cours de mes voyages je logeai chez un bon vieillard d'une Ville de Méſopotamie. Il me dit un jour en me montrant ſon fils : je n'ai que cet enfant, & Dieu ſçait que de vœux il m'a coûté. Il y a dans une vallée voiſine un arbre conſacré, près duquel j'allois tous les jours demander à Dieu qu'il me donnât un fils. J'entendis en même temps ce fils qui diſoit à l'oreille à un de ſes camarades : je voudrois ſçavoir où eſt cet arbre, j'irois y prier le Ciel qu'il me délivre de mon pere. Je me couvris le viſage de mon manteau, & je ſortis ſur le champ de cette maiſon.

XLV. TRAIT.

Belle & sage Réponse d'un Philosophe.

ON disoit à un Sage : Si quelqu'un se trouvoit seul avec une belle femme, les portes fermées, les surveillans & les rivaux endormis, & le désir importun faisant sentir son aiguillon, croyez-vous qu'il y pût résister? Cela se pourroit, répondit-il ; mais à coup sûr on ne le croiroit pas.

Il est plus facile d'échapper à la tentation qu'à la calomnie.

XLVI. TRAIT.

Le Corbeau & le Perroquet.

UN Perroquet & un Corbeau se trouvoient enfermés dans une même cage, & l'un se disoit : comment a-t-on pû me mettre avec ce Corbeau ? Et l'autre, comment a-t-on pû me mettre avec ce Perroquet ?

Le Religieux & les Malfaiteurs.

Un Religieux se trouvant dans une compagnie de malfaiteurs, l'un d'eux lui dit : ne vous avisez pas de vous plaindre ; car vous nous êtes à charge tout autant que nous pouvons vous l'être.

XLVII. TRAIT.

Le Fils dénaturé.

IL m'arriva dans un emportement de jeune homme de parler à ma mere avec une fierté insultante. Elle fut contristée, alla s'asseoir dans un coin, & des larmes tomboient sur ses joues. Je m'approchai d'elle, & elle me dit : Toi qui es aujourd'hui si grand avec moi, ne te souvient-il plus combien je t'ai vu petit ?

XLVIII. TRAIT.

L'Avare & son Fils.

LE Fils d'un avare étoit dangereusement malade ; & ses amis lui diſoient qu'il falloit pour fléchir le Ciel, ou diſtribuer des aumônes, ou lire l'Alcoran auprès de ſon fils. Le vieillard fut de ce dernier avis, & quelqu'un dit : il a pris ce parti, parce que l'Alcoran eſt ſur ſes lévres, & que ſon or eſt dans ſes entrailles.

XLIX. TRAIT.

Belle Réponſe d'un vieillard.

ON conſeilloit à un vieillard de ſe marier. Il répondit qu'il n'aimoit pas les vieilles femmes. Et les jeunes ? lui dit-on. Bon, répliqua-t-il, je ſuis vieux & je ne puis ſupporter les vieilles, comment une jeune me ſupportera-t-elle ?

L. TRAIT.

Le Malade & le Maréchal.

UN homme incommodé de ſa vue s'adreſſa à un Médecin de chevaux, qui lui frotta ſes yeux du même onguent dont il frottoit ceux de ſes animaux. Cet homme devint aveugle. Il alla ſe plaindre au Cadi, qui lui fit cette Réponſe : ce Médecin n'a jamais traité que des chevaux, il vous traite comme ſes malades.

AUTRE.

Un Prince diſoit à un Religieux, ne vous ſouvenez-vous pas quelquefois de moi ? Oui, répondit-il, mais c'eſt quand j'oublie Dieu.

PENSÉES DÉTACHÉES
DE SADI.

PREMIERE.

DIeu nous a donné les richeſſes pour les beſoins de la vie, & ne nous a pas donné la vie pour amaſſer des richeſſes.

II.

Ne reprochez point vos bienfaits. Partout où l'arbre de la bienveillance pouſſe des racines, ſes branches s'élevent jusqu'aux nues; mais le reproche eſt comme une hache qui abbat l'arbre, & l'on n'en recueille point les fruits.

III.

Deux especes d'hommes travaillent envain ; celui qui amasse & ne jouit point, & celui qui apprend & ne pratique point.

IV.

Un Sçavant sans vertu, est comme un Aveugle qui tient un flambeau. Il éclaire les autres, & il est lui-même dans les ténèbres.

V.

Les Rois ont plus besoin du conseil des Sages, que les Sages n'ont besoin de la compagnie des Rois.

VI.

Croire qu'une foible ennemi ne peut pas nuire, c'est croire qu'une étincelle ne peut pas causer un incendie.

VII.

Engagez votre ennemi à frapper la tête du ſerpent ; ou le ſerpent ſera tué, ou vous ſerez défait de votre ennemi.

VIII.

S'il n'y avoit plus d'eſprit dans le monde, perſonne ne croiroit l'avoir perdu.

IX.

L'Ignorant parle plus que le Sage ; comme le Corbeau fait plus de bruit que le Roſſignol.

X.

Le Diamant tombé dans un fumier n'en eſt pas moins précieux, & la pouſſiere que le vent éleve juſqu'au Ciel, n'en eſt pas moins vile.

X I.

Les Pauvres ne chantent point après sa mort, celui dont ils n'ont pas mangé le pain pendant sa vie. O ! vous qui êtes porté sur un cheval rapide, songez au Pauvre dont l'âne est tombé dans un bourbier.

X I I.

J'aime mieux un Pécheur qui leve mains vers le Ciel avec humilité, qu'un Religieux qui éleve la tête avec orgueil.

FIN.

www.ingramcontent.com/pod-product-compliance
Ingram Content Group UK Ltd.
Pitfield, Milton Keynes, MK11 3LW, UK
UKHW021107270726
13993UKWH00006B/1055

9 782329 142890